井《い》田《たの》庄《しょう》御《お》伽《とぎ》草《ぞう》子《し》

松城 史生

文芸社

目次

斉院司《さいいんつかさ》は、戸田浦が一望出来る県道にて降り起った。

祖父母の地、戸田村に戻ったのは、五十年ぶりのことである。

左腕をぐいと伸ばして、群青の海を隔てる御浜岬《みはまみさき》。眼下、山腹、道路沿いの桜は、ほぼ満開。海辺近い桜花は淡い色を海に落としている。

その海を、ディーゼル・エンジンの音控え目に、白い航跡を刻《きざ》みながら、外洋に向かう船々。その彼方《かなた》、淡碧《たんぺき》の中空に、富士が、くっきり浮かんでいた。

伊豆の国　戸田の港ゆ（…より）　船出すと
　はしなく見たれ　富士の高嶺を

造船郷土資料館の北、犬槙《いぬまき》の群生地手前に、牧水の石碑が建っている。遊歩道〝木漏《こも》れ陽《び》の径《みち》〟を辿《たど》って、防波堤〝潮風のベンチ〟に上がると、目を剥《む》くほど唐突《とうとつ》に、富士が迫り来たって、朝暉《ちょうき》（朝の陽光《ひかり》）に映え、その麗姿は、やはり不二《ふじ》の山である。

覚えず詠《よ》んだ牧水のその時の感動が、司にも共感出来た。

磯には、快ちよい風があった。潮の香りがあった。

弟、敦と祖父の声が谺《こだま》する。祖父との思い出である。

『あっ、大きな船。あの出てゆく船、なんてゆう船?』
『甲子《きのえね》丸だよ』
『ふぅん。むこうの船も大きいね。ねぇ、ねぇ、船って、どうして、なになに丸って、〝丸〟がつくの?』
『柿本人麿とか、太安麿とか、昔は人の名前に、よく付けられたものなの。その〝麿《まろ》〟が〝丸〟となって、ほら牛若丸の〝丸〟。それが又、お城や大切なものにも使われ、魚を取る家では、船は大事なものでしょう。だから、船にも〝丸〟が付くようになったんさ』

〝潮風のベンチ〟が尽きる処、北端の拳状《こぶし》の砂洲《さす》に、朱色の鳥居が建てられている。海に波がたつと、満潮時、台座は潮に洗われる。波が柱にあたって砕けると、鳥居の朱色が白砂、松の緑と対比し、それぞれの色合いが一層深められてくる。見飽きない。

敦が言った。

『じいじ、ここもう少しで、向こう岸につながりそうだね。そんな風《ふう》にも思えるね』

『うん、そうだね。でも、まだまだ、だ。今は潮の流れが速く、海は深い。この湾が塞《ふさ》がるまでには何千年、何万年もかかるだろうな』

『えっ?! 海が塞がるなんていうことあるの?』と敦は驚いて祖父に聞

いた。

『そう。雨で山や崖から、土砂が流れ出たり、潮が磯の土砂を運んで砂嘴《さし》（鳥のくちばしのような砂地）が徐々に伸びると、永い永い年月の間に港が塞がり、井田の明神池のように、湾も湖になることだってあるだろうな。そうだ！　今度いつか井田へ行ってみよう。大きな池があるが、それが、海が塞がって出来た跡《あと》なんだ。これを海跡湖《かいせきこ》と言ってね、地質学上、貴重なもので、目で見て

すぐそれと判《わか》る、こんな所は、ほかには、めったにないそうだ』
諸口《もろぐち》神社祭典を祝いがてら、祖父が、司、敦の孫二人に話してくれた思い出の一つである。
根が蛸《たこ》の太い足の様に砂地をつかみ、這《は》い、天空いっぱい、老松がその枝葉を拡げている。その根元に腰を掛け、往き交《か》う船影を追いながら、母の生家を臨み、幼少の頃の感慨に耽《ふけ》った。感懐《かんかい》はなつかしかった。
四月四日のその日、祖父は、ほゞ同

じ松の木の根っ子に立ち、孫二人を交互に抱き上げて、母の家を指し示してくれた。

それが昨日の事のように思えてくる。

諸口神社境内からは、今日もまた、参詣者たちのさんざめき、ちんん屋の鉦《かね》、太鼓の囃子《はやし》が樹間を縫って、こぼれていた。

この神社のお祭りの日を含む折々の祖父の話を、司は、記憶の褪《あ》せぬうち、書き留めておきたいと思った。ただし、それらは、村や、我が家斉院家に残る古文書《こもんじょ》、言い伝え等によるものか、祖父の空言《そらごと》であったのかは定《さだ》かでない。しかし、司、敦の孫二人が壮年を過ぎた今もなお、二人の脳裡に、興趣《きょうしゅ》が鮮明に湧《わ》く祖父の話は、次の如くである。

今から、およそ千二百年もの昔、祖父の邑《むら》、静岡県田方郡戸田《へだ》村井田地区は、井田郷《いたのごう》と呼ばれ、その名は、すでに、和名抄《わみょうしょう》（わが国最初の分類体の漢和辞書、源　順《みなもとのしたごう》著）にも記載されているが、下って、治承四年、井田庄《いたのしょう》となり、永禄年間、その庄域は、北は井田から、南は、今の賀茂郡下、西伊豆町田子までであった。

治承と言えば、やがて、訪れ来たる寿永の秋の哀れも知らず、世《よ》はあげて平氏に靡《なび》く代《よ》であった。

ところで此の井田庄井田は、往時、〝橘の里〟の別称を持っていた。それは、この里に立入る都からの使人《つかいびと》、商人《あきんど》、その他、諸種の用向きを担う訪い人《おとな》が、往き交う里人から、橘の芳香を嗅ぎとっていたことから、誰言うとなく、この別称が付けられたものと思われる。それもその筈《はず》である。里の女人衆《にょにんしゅう》は、こぞって、橘の実や、天日に晒《さら》した橘の果皮の粉を水にはり、着物を潰して洗い上げに用いたし、身の浄め、蚋《ぶゆ》、蚊

の虫除けにも、その果皮を焚《た》いていた。
そして興味深い記述も一つ添えておく。
井田神社の傍《かたわ》らには、今も井立山妙田寺がある。この妙田寺及び井田庄は、貞和二年、前関白《さきの》、一条経通より、造営料として、京都大本山東福寺に、寄進されているが、その東福寺東司《とうす》(今日のトイレ)では、七百年近い後の今もなお、用足しの後は、橘の実の粉で、手もみ洗いする慣《なら》わしが残っている。

しかし、時世《ときよ》の移《うつ》ろいにつれ、生活様式や甘味豊かな柑橘《かんきつ》を好む嗜好《しこう》の変化から、橘の栽培、採取は疎《うと》んじられ、今はその原木は、極めて少ない。

さて、この邑《むら》、井田庄の長《おさ》は、人よんで〝松江様《すんごうさま》〟。この松江様は、毛深い上、背が低く、どちらかと言うと蝦蟇《がま》に似ていて、やぼったい。加えて、けったいなことに(奇妙なことに)、この松江様、池に沢山、蝦蟇を飼っておられた。その訳は、蝦蟇から妙薬がとれるからである。

祖父が小さい頃のことであった。

『大道商人が、〈さあてお立ち会い。……山中深く分け入って、捕らえましたるこの蝦蟇を、四面鏡の中に入れる時、己の姿が鏡に写るを見て驚き、タラーリ、タラリと脂汗流す……〉と、声はりあげて、油売りしたのを見たが、あの台詞《せりふ》、本当だったようだ』と、祖父は述べている。

この液が、天与の霊薬としての効力を持つ蝦蟇の脂《あぶら》。化学成分は〝センソ〟である。

この蝦蟇の脂に科学的メスを加えたのは、実は、文化勲章受章者近藤平三郎氏(伊豆松崎町出身)。薬理学の岡田正弘氏、そして大正製薬学術部長井川俊一氏ら蝦蟇博士グループであった。

けれど、間違っても目に入れてはいけない。うっかり、液を目につけたらそれは大変、目が潰れてしまう。又、蝦蟇にかみついた犬が、もがき苦しんで死ぬ例さえあったという。危ない面もあるが、痛み、きず、血どめ、気つけ薬など、驚く程の効能があるとのこと。

それを示す此《こ》んな話が伝えられている。

祖父の話は続いた。

あれは、春間近《まぢ》かな夜のことであった。

昼過ぎに零《こぼ》れはじめた雨が、夜半《よわ》には嵐となり、海は大時化《しけ》。

磯は荒れた。風が吠《ほ》える。波浪は夜目にも白く、牙《きば》をむき、岩礁をかむ。波は岸壁に砕け、滝となって磯を削《けず》り、岩石を転がした。飛沫《しぶき》は砂嘴《さし》を越える。明神池の中洲の屋形にも、飛沫は音をたてて降りそそぎ、荒磯を転がる五郎太《ごろた》石の不気味な響きが、屋形の人の耳にも届いていた。

恐縮ですが
切手を貼っ
てお出しく
ださい

112-0004

東京都文京区
後楽 2－23－12
（株） 文芸社
ご愛読者カード係行

書　名				
お買上 書店名	都道　　　　市区 府県　　　　郡　　　　　　　　　　書店			
ふりがな お名前			明治 大正 昭和　　年生　　歳	
ふりがな ご住所	□□□-□□□□			性別 男・女
お電話 番　号	（ブックサービスの際、必要）	ご職業		

お買い求めの動機
1. 書店店頭で見て　2. 当社の目録を見て　3. 人にすすめられて
4. 新聞広告、雑誌記事、書評を見て（新聞、雑誌名　　　　　　　　）

上の質問に 1. と答えられた方の直接的な動機
1. タイトルにひかれた　2. 著者　3. 目次　4. カバーデザイン　5. 帯　6. その他

ご講読新聞　　　　　　新聞	ご講読雑誌

文芸社の本をお買い求めいただきありがとうございます。
この愛読者カードは今後の小社出版の企画およびイベント等の資料として役立たせていただきます。

本書についてのご意見、ご感想をお聞かせ下さい。 ① 内容について
② カバー、タイトル、編集について
今後、出版する上でとりあげてほしいテーマを挙げて下さい。
最近読んでおもしろかった本をお聞かせ下さい。
お客様の研究成果やお考えを出版してみたいというお気持ちはありますか。 ある　　ない　　内容・テーマ（　　　　　　　　）
「ある」場合、弊社の担当者から出版のご案内が必要ですか。 希望する　　希望しない

ご協力ありがとうございました。

〈ブックサービスのご案内〉

当社では、書籍の直接販売を料金着払いの宅急便サービスにて承っております。ご購入希望がございましたら下の欄に書名と冊数をお書きの上ご返送下さい。（送料１回380円）

ご注文書名	冊数	ご注文書名	冊数
	冊		冊
	冊		冊

まんじりとも出来ぬ夜も白らみ、波風とも、あの恐ろしいほどの叫吼《きょうこう》（ほえさけぶ）も、漸《ようよ》う声を落とし間遠《まどお》となってきた。これを潮時に、それぞれ灯芯《とうしん》を抑え、里人は臥所に入った。もとより臥所《ふしど》とは言葉のみ、床《とこ》も今の人々が連想する〝茵《しとね》〟からは遠く、葦の葉、海藻などを設《しつら》えたものではあったが、体を横たえることは、心身の安らぎであった。

安気（安心、気が楽なこと）はたちまち眠りを誘い、郷人《さとびと》の多くは、夢路にあった。

しかし、不運は重なりがちなものである。二、三刻《こく》のほんの安眠、安息も、海辺からの徒《ただ》ならぬ声に、突如破られ、その叫びは、海鳴りのように、磯辺を這って来た。

『躯《むくろ》だ！』

『流れ仏だ！』

『仏が着いたぞ！』

叫びを聞きつけ、郷人たちが磯に群がり寄ってゆく。

夥《おびただ》しい流木、ひきちぎられた海藻、それらが、寄せくる波に激しくもまれ、渦巻き、ぶつかり合う。海に慣れた漁師、邑人たちにとってさえ、危険この上ない。

何人かが、互いに声をかけ合い、注意を促《うなが》し合いながら、海に入った。磯は冷たい。そして寒い。海水はためらうほど冷たくはなかったが、胸まで漬かり、寄せくる波や飛沫をかぶると、さすが、誰の顔にも鳥肌が立った。

皆、懸命だった。声を合せて、漂着者の体を支えている。体を傷《いた》めぬ様気を配りながら、首に手を添える者、裳衣《もい》の袖、裾を握る者、何れも吐く息は荒く震えている。一人が胸部を抱き上げれば、別の一人が腓《こむら》(ふくらはぎ)を支えるといった所作はみな、凍え、四肢わななくなか、失われなかった。ばらばらとも見える個々の動きも、総じて眺むれば、乱れなき挙動に連《つら》なっていた。

岩海苔が、しとどに濡《ぬ》れて、滑《のめ》り易くなった岩の根元に立って、手を貸す用意の者、固唾《かたず》を呑んで見守る浅瀬の婦女子、誰も、漂着者の性別、生死判別への思念なく、陸《おか》への搬移一途《はんいいちず》(他のことは考えない)であった。

『気いつけろよ!』

『上げて、あげて!』

『おおい、手を貸せ。頭を持って！　滑《すべ》んなよ！』

海に入った若衆《わかいしゅう》は、自分の足元に注意しながら、漸う漂着者を、平たい岩の上に横たえた。すぐさま、担架《たんか》代わりに畚《もっこ》二つと板一枚が運ばれた。

『さあ、担《かつ》げ、担げ！』

一人が、周囲を促《うなが》した。

水に漬かった漂着者の体は重かった。しかし皮膚に艶があり、どことなく色があった。誰かが、漂着者にさわった。

『おお、脇の下が少しぬくとい。生きてるど、生きてる！』

『えぇ?!　ほんと?　そりゃあ良い』

『すぐ運べ！　運んでけ！　松江様んとこだど。ええか、ちゃあっとだ（すぐにだぞ）！』

『わりゃあ(お前は)、先につっ走れ！先に飛《と》んで、松江様に報《しら》せとけ！』

一人の主導で、多くが動いた。

報せが走った。

『松江様！　松江様！』

湖水が視界に入るや、急使は、声を限りに叫んでは走った。

叫号《きょうごう》は湖上の風波に運ばれ、すでに、中洲の屋形に届いていた。

丸木舟が、舟寄せ場に向かって来てい

た。

がっしりした体躯の男二人の姿があった。

『仏だと思ってたら、生きてますけん、松江様のお手当(治療)、お願《ねげ》え申します』

『ええとも、松江様は、もう、そんつもりじゃ。手え貸しとくりょ。はよう(はやく)、はよう』

大時化《しけ》の名残りか、時折、陣風(急にはげしく吹き起こる風)が海辺の樹葉を薙《な》ぎ、湖畔の蒲葦《ほい》(蒲や葦)等を揺すっては砂嘴を吼《ほ》え渡ってゆく。そしてそれは、砂洲状に沿って放物線を描き、松江山《すんごう》にぶち当たって和《な》いだ。

さながら、やり場のない腹癒《はらい》せの余憤《よふん》（怒りがまだ残って、静まらない状態）のように、唸《うな》り、渦をまき、屋形先で舟を待つ侍女二人の裳裾を、思い切り捲《まく》り上げていた。

舟が着いた。

侍者の一人が舟から跳び下りた。舟に残ったもう一人と畚《もっこ》を担《にな》い合う。侍女の一人が駆け寄り、畚に手を貸した。別の侍女が、屋形に呼びかけた。

『松江様！　どうぞ、よしなに！　お手当を！』

若人《わこうど》が運び込まれた。

『橘や。はよう仙薬《せんやく》を持って参れ！』

松江様が命じた。

橘は摺《す》り足すばやく、長《おさ》に寄ると、薬箱を開けた。そして掌中《しょうちゅう》の熊笹の葉の紐を解き、黒ずんだ飴色《あめいろ》の丸薬二粒ほどを土器《かわらけ》に転がした。そして熱湯を注いだ。

橘は、土器の丸薬を木の箆《へら》で、念入りに捏《こ》ね、松江様の指示を待った。

松江様は触診(さわって診断する)を命じた。橘は手なれたものであった。

橘は、瞬時の躊躇《ためらい》を捨て、若人の胸に耳朶《みみたぶ》を置いた。ぬくもりはあったが、心の臓（昔風の言い方）の鼓動がない。青ざめた面持ちで、松江様を見上げたが、再び、橘は、小豆《あずき》ほどの乳頭に耳をあてた。自らの聴診を疑うかのように。

ない！　やはり心の臓の鼓動がない。心悸《しんき》は左の胸にある筈《はず》なのに……。

動顛《どうてん》は驚きを増幅させた。慌《あわ》てて顔の向きを替え、若衆の右胸に耳殻《じかく》（外耳とかみみたぶ）をつけてみた。

何と、何としたことであろう。心搏《しんぱく》は弱かったが、確かに、この若者の右側に命脈《めいみゃく》があった。信じ難い事ではあったが、事実であった。

松江様は、即座《そくざ》に命じた。

橘は、素速《す》く木の箆で、乳首の周《まわ》りに、土器の薬を塗った。

効き目は恐ろしい程であった。

黒ずんだ飴色の薬が、心の臓の周りを、一回りするかしないうち、肉がぴくっと踊り、若者が、我に返った。目を開けた。

〈仙境に招かれ、姮娥《こうが》（西王母の秘薬を盗み月に逃れ、後、月の異称となった人）に目見《まみ》えた。月界の彼女は、天女にも勝《まさ》って見えた……〉

夢だったろうか。

彼は、そっと瞼《まぶた》を押さえ、周りを窺《うかが》った。

都の女官と紛《まご》う女性《にょしょう》が一人見守っていた。

彼の頤《おとがい》（下あご）、肩先に、脂粉（お化粧）の香の温《ぬく》もりがあった。人事不省と甘美な幻覚から、我に返ると、若者は慌てた。

しかし、体躯《からだ》を起こす余力は無かった。

助けられ、救われた喜びと謝意は、心に満ち満ちていたが、その情感にひたっている間《ま》なく、彼は、全身の痛みに苦悶《くもん》した。

橘が、五体処々に残りの土器の薬を塗ると、転瞬《てんしゅん》（まばたきする間）、痛みが失せ、若人は、再び深い眠りに落ちていった。

それにしても、瞬時に、この若者を回生させた秘薬こそ、蟾酥《せんそ》であり、蝦蟇の分泌液を糊でねり固めた膏薬《こうやく》であった。

半死半生の漂着者が、井田庄、〝橘の里〟の奇薬により、一瞬に蘇生《そせい》した噂《うわさ》は、里人、この里を訪う商人《おとな》や旅人等から、諸処各地に伝えられていった。

妙薬は蟾酥だけではない。此の里には、様々な霊薬、不眠、めまい、気管支炎にきく霊芝《れいし》、解毒、引きつけに速効性のある幼児用の秘薬、或は薬用の地蝉《じせん》（みみず）などが常備されていた。

平安京への井田庄の荷前《のさき》(年毎、諸国から届く貢)、正しくは調《ちょう》とすべきか、それは、堅魚《かつお》の生節《なまりぶし》と決められていたが、東福寺への貢は、このほか、橘の果皮、井田塩もあったと思える。

この郷の旧家、家伝書に

香具山(今の角山)の麓の塩は薬にて
　いたとも云うぞ　内裡からなに

という短歌《うた》がある。いたとも云うぞ、は、癒えたと井田の懸詞《かけことば》であるらしい。(参考の為、塩を潮《いた》ともいう。)

家伝の文書《もんじょ》にはさらに

〈安康天皇（記紀では第二〇代天皇）、御不豫《ごふよ》（天皇の御病気）なりし時、震旦国《しんたんこく》（中国）の占師の占いに従い、勅使は豆州井田に下った〉

とあり、

〈南海の万里を経て、浪打つ荒磯より得る清浄なるその塩を、召し上げられれば、御悩み御平安なるべし。……〉

の占いの通り、

〈日を追うて御平癒《ごへいゆ》なされた〉

との記述が見られ、井田塩は、京にも御所《ごしょ》にも、すでに名は高かった。

ところで、屋形にて、一命を拾われた若者は、以後、日を追って回復し、生気を取り戻しつつあった。

松江様は、彼が完治するまでの介護を、橘に命じていた。

橘は、飲膳《いんぜん》（飲みもの及び食事）、身の回りの心配りに懸命であった。

湖上にも、屋形にも、和気があふれた。

男《おのこ》の体臭《におい》絶えて久しかった屋形である。

女人衆の振舞に、えも言えぬ華《はなや》ぎが戻った。介護の日々が重なり、接する度合いが深まるにつれ、橘と若者の双方に、情が通い合うのも、また世の常である。

姫の所作《しょさ》は、いつともなく、これまでと、微妙な異なりを見せていた。此の若者を、そっと見やる眼差《まなざし》、ためらいがちの語り口、ふとこぼれる羞《はじら》いや、嫋《たお》やかな立ち居《い》に、余人《よにん》(ほかの人)には気づかぬ若者への思い入れを、育ての親、松江様《すんごうさま》が、察知しない筈はなかった。これが、体を蝕《むしば》む腫瘍とならなければいいが……。松江様には、戸惑《とまどい》と苦悩が残った。

橘が、この若衆《わかしゅう》への恋慕、恋情に溺《おぼ》れているとしてもそれも無理なきこと、と許されようが、井田の将来に思いを馳《は》せるとき、許されぬは、身もと定かならぬ若者にこの井田庄をまかすことだけは出来ない。井田庄の為、何とか橘に、思いとどまるよう諭《さと》したい。これが、長としての倫《みち》と思った。

乙女子《おとめご》の情けは純なものである。初《うぶ》な、乙女子の欲情は淡い。ただひたすら若者を慕った。片時も彼が忘れられなかった。

思えば奇縁《きえん》（思いもかけぬ不思議なめぐりあわせ）である。

あの方は、何処《いづく》より参ったのであろう。

世をはかなみ、自ら身を捨てたのか、捨てられたのか。

時化《しけ》で流れ着くには、南の石火（今の石部《いしぶ》）、もしくは多具《たぐ》（西伊豆町田子）、或は、より近い宇加賀《うかが》（現土肥町馬場《ばんば》）辺《あた》りからであろうか。

あり得《え》ないことではあるが、遠く西

南の地、三保《みほ》辺りからであろうか。羽衣に縋《すが》って、天女を追う横恋慕が、漁夫白竜の逆鱗《げきりん》に触れてのことであったのか……。それにしても、何故《なにゆえ》に、経緯《いきさつ》をお話なさらないのか。

思いは乱れ、疑念が残った。

時節は、水無月に入っていた。

穏やかな日であった。

空は藍色、富士の山嶺東端に、絽《ろ》と紛《まご》う白雲が懸かっている。

この様な情景の朝、井田は凪《なぎ》。夕刻もしくは、翌日、風は強まるかもしれないが、幸い、此の日は、この上ない好天に恵まれていた。

橘は、若者と女人衆を誘《さそ》って池に出た。

軽舟二艘。一艘に用人と若者。別の一艘に橘と侍女二人。

用人が竿《さお》をついて先導した。橘が続いた。

池の周遊は心楽しかった。葦舟《あしぶね》は、ゆったりとたゆたう。

人影を見てか、舟影か、水鳥が一斉に舞い上がった。

岸辺近い湖面のそこここに、谷地坊主《やちぼうず》が林立している。これ程の円柱状に育つまで、少く見積り、五・六百年は要するという。

舟が寄ると、その葉陰に、雨蛙が体を移す。根元から慌てて水に飛び込む殿様蛙もあった。

竿の波紋に寄り集まる鮒の群。それらは、腹部を煌《きら》めかせては、水中に消えた。遠く、真鯉が背びれを見せ、湖面を悠揚《ゆうよう》（おそれることなくゆったりと）と切り裂いてゆく。

あめんぼうも、湖面を滑っている。

湖底をのぞくと、胡麻《ごま》を体にふりかけた様な模様を持つ大鰻《おおうなぎ》が、大きな口を開け、そのすぐ上を、鯎《うぐい》が連なって過《よぎ》った。

すっぽりと自然に漬かり、自然を愛《め》で、自然に生き生かされる此の里。

明神池。この屋形は、将《まさ》に極楽浄土とも言えた。

詩《うた》がある。

うき嶋は　いづくより　まさりてみゆ
北にふじ　山のみどり　影を浸して
空も水も　ひとつなり

小舟しよしよに竿さして　葦のま　たゆたふ
むれたる鳥おほく　さわぎ　また　安らう

いた沼に　するがなる　いた沼に
ゆるぐ　さざなみ　二・八(＝十六)のいも(女性を親しんでいう言葉)
えみゆるぐ　ことこそよし　あえるとき

ふいに、池の西側で水音がした。

扇状に影を落とす灌木の梢から、翡翠《かわせみ》が池に飛び込み、飛沫をあげて、戻るところであった。

嘴《くちばし》から、小魚の揺れ動く尾が見えていた。

今は閑雅《かんが》（あくせくすることなく、奥ゆかしくみえること）な浮遊である。軽舟をゆったりとその灌木の木陰に入れてみた。

若者の眼が光った。彼は立ち上がって、幹、枝、葉を精察した。木は庭常《にわとこ》であった。春、花が咲く頃、この木の若い茎や葉、それに花を採りたいと言う。なんでも、疼痛、去痰の煎薬になるとのことであった。

舟先を返した。

岸辺近くに、差し渡し四、五寸はある烏貝が、何枚も、泥沼から、歯《し》舌《ぜつ》を拡げていた。美味ではないが、食糧にはなる。泥に手を入れて採っていると、蛭《ひる》が体をくねらせて寄って来た。橘は鳥肌立てたが、若者は怖《おそ》るることなく、手首に吸着するを待って、それを摘《つ》まみ取った。

水蛭《すいてつ》を薬用にするとのことであったが、どう使うかは黙して語らなかった。

確かなことは、この若者の、生薬《しょうやく》に関わる知識が並を遙かに超えていることであった。

時を忘れる程の回遊も、漸《ようよ》う棹歌《さおうた》（船をこぎながらうたう歌）で舟留《ふなど》めとなる。

舟子の声が、朗々《ろうろう》と湖面を渡る。

〈この若者の身近に、わが身を置く。〉このことは、橘にとって、これほど心楽しく、安らぐことは他になかった。

〈あの方とて、楽しかったに違いない。一曲の調《しら》べ、一夕《せき》の舞、一挙《きょ》が

運ぶ裾の香《か》に、心揺るがぬ若者などおるであろうか〉
と橘は、思った。
羞《はじ》らいながら、舟子（船頭）に続き橘が歌った。小声ではあったが、歌に趣があった。
屋形からも、明るいリズムにのって、素朴な歌が響いてきた。

おす鹿のむれが　フムホー　ないてるよ
狼のおすが　フムホー　ないてるよ
ハァ　エイヨー　ハァ　エイヨー

行器《ほかい》（食物を盛って運ぶ箱）のふたを叩《たた》いてはやし、拍子をとっているのが、屋形に居のこる侍女たち。ウポポの歌い手は長《おさ》。

橘は嬉しかった。心は一層和《なご》み、華やぎ、周遊の楽しさを増幅させた。

幸いを天に感謝した。


こんな波風立たぬ安穏《あんのん》の里にも、神の気紛《きまぐ》れか、けったいな事が起こりおった。〝魑魅魍魎《ちみもうりょう》（ばけもの）〟が踊ると言うのか、これから話す一件が、この郷を、すっかり変えてしまう。不幸なことではあるが、惜しみて余りあると云うものである。

姫への理解と井田庄のゆく末を思う時、長は橘を喩《さと》す潮時をつかめぬまま、日々が流れた。

その間、橘はさらにやつれた。痛ましくも見えた。

長は意を決し、橘を呼び、親として、また、長としての心思《しんし》、心情《しんじょう》を吐露《とろ》した。

〈どこの馬の骨か、わからん者に、姫のそなたを娶《めと》らせるわけにやいかんしな〉

そして、言葉静かに、若者への思慕を絶ち、井田庄の安泰に努《つと》めてくれるよう切願した。

しかし、長の〝長なりの倫《みち》〟も、二人にとっては、すでに、〝長の身勝手〟なつぶやきとしか響かなかった。

若者の心境も、今は橘同様、余人には絶てぬ、姫への恋情、彼女を愛《いと》う思いは、五体に火照《ほて》る程であった。

屋形にて起居するこの若人は、長の命により、井田神社の祭典準備に当たった。また、宵宮《よいみや》、本祭の当日、或は、調《ちょう》の集荷状況の報を得る為、しばしば妙田院内の役所を訪れていた。

長には告げなかったが、邑の若衆《わかいしゅう》の一人が、この若者に、幾度となく、いやがらせを働いた。その男の名は太一。日頃の言動から、乱暴者として、邑人は、陰では、彼を荒太と呼でいた。

荒太は常に、己の腕力を誇り、中洲の若者に唾をかけたり、足蹴《あしげ》をしたりした。若者は、これにかかわり、長の命《めい》(命令または指示)が滞《とどこお》ることを怖《おそ》れ、顔にかかった唾《つば》を何気なくふき、道を急いだ。或る時は、道を塞ぎ、若者に足をとばしたが、若者は咄嗟《とっさ》にそれをかわし、難を避けた。かわされたはずみで荒太が尻もちついた。

荒太は腹癒《はらいせ》に、

『わりゃあ、姫の雄《おす》になるつもりだろう?』

と野卑な罵詈《ばり》（悪口）を浴せたが、若者はそれには、かかわらなかった。
調の集荷状況からか、京からの使者の報せからによるものか、この年は、霜月十一日の池明神（明神池祭典の呼び名）の御祭を一ヶ月はやめ、神無月の十一日とした。そして此の日、明神池東岸、松江古墳群《すんごうこふんぐん》（県指定）の山裾の平地に、土俵を設け、相撲大会を奉納することを決めた。
十月十一日、幸、雨はなかった。極彩色《ごくさいしき》の幟《のぼり》が幾枚もはためき、庄域は祝賀そのものに染められていた。そして、土俵の周りでは、拍手、声援が響きわたる。人垣は十重《とえ》、二十重《はたえ》。邑人や旅人は、相撲の取組みを追い、成りゆきを見まもった。

荒太はやはり強かった。我こそは剛の者と自慢の面々《めんめん》も、荒太の敵ではなかった。相手を威嚇《いかく》する喚叫《かんきょう》(わめき叫ぶ)、張り手、喉輪《のどわ》、顰蹙《ひんしゅく》(かおをしかめる)を買う粗暴な立合は、また相手を畏縮させるに充分であった。

勝ち誇った荒太の目の先に、遇然、中洲の若者の姿があった。彼は声をあげた。

『おい、鼻たれ小僧。わりゃあ(おまえは)、少しは、俺の胸垢《むなあか》か、おっぱいくらいなめれるだろうが! 土俵へ上れ、上れ!』

と挑発した。

邑人が荒太の視線を追うと、その先に、邑人が救った若者が見物客にまざって立っていた。彼がどう動くか、皆は気づかった。固唾《かたず》をのんで成りゆきを見守っている。

衆人の予期に反し、若者が静かに身支度し、土俵に上がった。

荒太は、相撲と云うより喧嘩ごしに、若者に、つっかかった。若者は、丸太の様な荒太の腕をたぐると、荒太の片足が、土俵砂に着く寸前、荒太の足を払った。荒太はもろに土俵に転ろがった。

『今は、われの拾い勝だ。もう一度、立ち合ってみれ！』

荒太はわめいた。むきになった。

若者は再び土俵に立った。

荒太が怒号《どごう》を吐き、双腕《もろうで》をあげた。彼は若者がひるむと見た。たじろぐと思ったが、案に反し、若者が突進した。一瞬のためらい、戸惑《とまどい》が、荒太にあった。若者の頭が、荒太の胸板にぶちあたった。鳩尾《みぞおち》に激痛が走り、荒太は土俵下に転ろがった。

彼は天を仰いだ。

腑甲斐無《ふがいな》さを超え、荒太は己が一入惨《ひとしおみじ》めだった。

邑人は眼を疑った。土俵上は若者の姿があるばかりであった。人垣にこもる邑人の嘆声は、やおら（おもむろに）歓喜となり、彼をたたえる賛辞《さんじ》（ほめたたえること）の渦《うず》となった。

若者は淡々と身づくろいし、衆目《しゅうもく》を後にした。その彼の後影《うしろ》には、自負《じふ》も誇示《こじ》（得意となって、見せびらかす）も見られなかった。

さて、橘は、松江様《すんごうさま》の親としての、庄の長としての、彼女に対する諭《さとし》を静かに聴いてはいたが、しかし、この時ばかりは、日頃のしおらしさをかなぐり捨てて、きっぱりと、父に申し立てた。

『あの方は、在所《ざいしょ》あやしげな身ではありませぬ。自ら秘《ひそ》かに語り明かしましたることを、有体《ありてい》に申し述べますならば、名を小碓《おうす》と申し、それはそれは、やんごとなきお方にござりまする。立ち振舞おだやかに見えますけれど、秘《ひ》めたる気概、丈夫《ますらお》振りは、まことに頼もしく、右胸に命脈を持ちますものの、通常をはるかに超える逞《たくま》しさ、力強さと人品、いづれからも、お慕い申し上げて、決して悔い残らぬお方と信じております。父上様、何とぞ、あの方への、わらわの心寄せ、お許し下さりませ』

澄んだ眸《ひとみ》を大きく見開き、座礼《ざれい》うやうやしく、許しを乞《こ》う橘に、松江様は、小碓への姫の不二の愛と誠を覚《おぼ》えられた。彼は言葉なく、葦簾《よしず》の外に立たれていたが、深い悲痛の吐息《といき》を、どうにも抑えることが出来なかった。そのまま、じっと身じろぎせず立ちつくしておられたが、やがて、屋形の舷《ふなべり》を力なく歩み、奥の間に入られた。

ひとしきり、衣《きぬ》ずれの音、何かを探しておられる音が聞こえていたが、しばらくして、松江様は娘橘を呼び入れ、
『橘よ。あの者を、こちらへ呼んで参れ。手渡したき物があるゆえにな……』
姫は明るく応えたものの、何と表現すべきか、嬉しさの反面、一抹《いちまつ》の不安をも感じた。雲か鳥が、さっと陽ざしを過《よぎ》るその時、一瞬、目先に影がさす、あの様な予期せぬ不安が。しかし、父を信じ、橘は、梯子《はしご》を降り、別棟の小碓を訪れ、長の言葉《ことのは》を伝えた。

姫が再び舷に立った時、丁度夕陽が、砂洲の樹々に落ちるところで、古い松の梢が、火がついた様に真赤に燃えて見えた。焔《ほのお》の影となった枝々は影絵さながら、その朱《しゅ》と漆黒《しっこく》の取合せは、眺める人によっては、何とも不気味に染まって見えた。

空が荒れる前ぶれであったろうか。

夕陽が落ちる様《さま》と云い、又、紅花、芥子《からし》、黒色の絵具を、かきまぜて、やけのやんぱちのよう、塗りたくられた西空を、奇妙な乱れ雲が、韋駄《いだ》天《てん》走りで、北へ北へと駆けていた。

小碓と、一足おくれて橘が、奥の間の簾《すだれ》をくゞった。くぐると同時に、姫は、はっと息を呑んだ。それもそうであろう。

父親である長の、直衣《のうし》然たる着物きた姿を、かつてこれまで、一度たりとも、目にしたことがなかったからである。

威儀正しくしてみれば、真《まこと》に長らしく、威厳あふれていた。

馬子にも衣装とは云うが、たとえ、袍《ほう》の威を借りたとは言え、それはそれは、見栄《みば》えある姿であった。

うす紫を基色《もといろ》に、袖は淡い紅でぼかし、衿は絹の布を常より広くした、品の良い袍であった。

二人は、長の指示に従って座についた。

松江様は、しばし、目をつぶって座っておられたが、やおら、右に膝を動かすと、かたわらの小箱二つを膝元《ひざもと》に取り寄せ、中から品物を取り出しながら、口を開かれた。

『小碓とやら。これは父祖伝来の物じゃ。この庄を守る者が、代々《よよ》これを引継ぎ、保持しとる。大切にしておかれよ。

姫はこちらじゃ、これも伝来の品でな、この郷《さと》にふさわしい橘の実をあしらった水玉《すいぎょく》じゃ。美しい女子《おなご》の象徴とも云われとる。肌身はなさず持っておられよ。これら二つで一対《つい》でもある』

小碓が、おしいただいた物は、紫水晶であった。明神池・富士が刻まれておる井田庄の図柄《ずがら》で、この屋形伝来の品にふさわしい物であった。それを垣間《かいま》見た姫でさえ、

『しばし、わらわにも持たせて給《たも》れ！』

と、小碓に声をかけたくなる程見事な出来ばえの品であった。こんな由々《ゆゆ》しき品を渡されたとあれば、小碓が〝家督《かとく》をゆずられた〟と思うのも無理からぬことであった。

また、橘に授けられた物も紅色の水玉で、吸い込まれる程濁りなく透き通っている。これを握る人の身も心も、洗われて、清められる程、それは麗わしい父からの贈り物であった。天使が此の世に授けたとしか表

現出来ぬ紅水晶であった。

長から贈られた紅紫の水晶に、二人が酔い、我を忘れた三日目の晩のことであった。

小碓と姫に、長から触《ふれ》（しらせ）が届いた。それは、

「この郷《さと》の弥栄《いやさか》を願い宴を開く。時は三更《さんこう》（今の午後十一時から午前一時頃まで）」

と云うものであった。

さらに橘には、

「ムックリ（紐で振動させて音を出す口琴）を携《たずさ》えよ」

と、添え言《ごと》（言葉）があった。

〈どうして付人《つけびと》など介《かい》して、この様な事を伝えるのかしら?! 親子じゃないの、長と妾《わらわ》は。うとうとしいこと（よそよそしいこと）〉

と、姫の不満は続いた。

心楽しさと不安の間《はざま》に揺れながら、ともかく、二人は、夜のふけるのを待った。

神無月、東天に、上弦の月が輝いた。

天空にかかる月の位置から時刻を推《お》し測《ばか》り、小碓と橘は、屋形屋上にあがった。

そこにはすでに、長と付人衆が、車座《くるまざ》となって待っていた。松江様《すんごうさま》はトンコリ（アイヌ人などが用いる弦楽器）、付人衆は行器《ほかい》（食事を盛って他へそれを運ぶ箱）のふたを、それぞれ持っていた。

車座の中央では、浅い大きな土鍋がかかり、火がたかれていた。

松江様と並んで、二人が座を占めると、カチョウ（枠太鼓）が轟《とどろ》く。ウコク（多声的唱法）が響く。トンコリ、ムックリ、コサ笛までもが加わっ

て、妙《たえ》なる楽《がく》の音《ね》、歌声があたり一面谺《こだま》した。

杯が巡《めぐ》る。皆馬手《めて》（右手）をやや上げ、杯を弓手《ゆんで》（左手）で受けてから、それを額まで捧げる。馬手《めて》で酒四、五滴を火に投げ入れては祈り、唱えてはぐいと飲む。

車座のままウポポ（アイヌの伝統的民謡。儀式や労働の時に歌う）、柏子をとってウポポから、リムセ（悪魔払いの多勢合唱）へ。

晴れやかな囃子《はやし》と歌声は、夜半《よわ》も止まない。

やがて、月がぐいと傾き、付人衆も疲れはて、酔眼《すいがん》おぼろ、千鳥足心もとなく、一人、二人と梯子を降りていった。

さしものあの底抜け騒ぎも、夜明けの静寂《しじま》に呑まれ、皆深い眠りに落ちた。

気がたかぶってか、眠くないのか、松江様は横にもならず、普段着のまま思案げに座っておられた。

夜烏《からす》が一声《ひと》、二声《ふた》ないた。

松江様がすっと動いた。姫は深い眠りにあって気付かなかった。

海が燃えている。屋形内の香料用の樒《しきみ》、橘の枝葉も燃えていた。

〃火事だ！〃

付人衆から声があがった。

何かが、はじける音、息苦しさに、姫は目を開けた。

熱い！

下からの騒ぎと煙から、異常を悟った。

『火事でーす。屋形が燃えておりまするー　小碓様ー。はよう逃《のが》れて給《たも》れ！』

咳《せき》にかられながら、姫が叫んだ。必死だった。

小碓も事態を覚った。急ぎ梯子をかけ登ると姫に寄り、その手を握りしめた。姫はその手を振りはらい、

『妾《わらわ》は、松江様を見てまいります。はよう逃れて給《たも》れ！　わらわもすぐ

後を追いまする……。どうぞ、はよう逃れて！

松江様！　松江様！』

火の粉が舞ってくる。息苦しい。煙で目がしみる。涙がにじみ出てくる。それでも橘は、長の居室へかけ込んだ。小碓がとめる間もなかった。

やむなく小碓は、姫の言葉を信じ、後髪を引かれる想いで、舷《ふなべり》から湖面へ舞った。

湖《うみ》が燃えていた。火は東へ東へと移り、小碓の行手も、火焔に包まれはじめた。

小碓は、息の続く限り湖に潜《もぐ》った。

姫も松江様のことも気がかりではあったが、今は小碓に、そんな余裕はなかった。

岸辺へ岸辺へと懸命に泳いだ。

留まっていては危ない、と本能的に思った。荒太の恨み、火事の嫌疑、秘かに姫を慕う誰かが、妬心《としん》から、〃火つけの主は小碓だ！〃と、悪意ある噂を、邑人《むらびと》に流布《るふ》しておるかもしれなかった。

泳ぎに泳いだ。気も心も急《せ》いていた。

浅瀬にやっと着いた。

沼に足をとられた。がぼっと沈んだ足を引き抜き岸にあがった。

黒い短い紐《ひも》が、ぶらさがっていた。そこからは血がたれていた。紐と見えたものは蛭《ひる》だった。小碓は柳の小枝で払い落とし、山裾を駆け登った。ぬれた裳《も》が手、脚にまといつく……。

胸がやけるように痛かった。苦しかった。茅《かや》、野ばら等の切り傷、裂傷で脚は血まみれ、づきづきする。足の裏にも刺《とげ》がささっていた。流れ落ちる汗が目にしみた。が、今は、むしろ、濡れ衣が体の癒《いや》しでもあっ

た。

漸《ようよ》う樟《くす》の大木の陰にまわって、小碓はおそるおそる池を返り見た。

砂洲の樹々には、まだ火があった。煙が立っていた。

屋形の黒々とした焼け跡が、無惨にも、白々明けに、際立《きわだ》っていた。

谷地坊主《やちぼうず》、テツホシダ、トキワススキ、葦、蒲《がま》も焼けた。まして、池の周りの樹々の姿は痛ましく、ただれた哀れな木肌を見せている。

湖畔には、役人を含む邑人の右往

左往する不規則な動きがあった。

長は、いづこか、姫は無事か、あの若者は？　邑人の心にあるものは、屋形の人々の安否であった。そして事態への驚きであった。あるものと云えばおそらく今は、驚きのみであろう。

桃源とも言えた明神池の、あの佇《たたず》まいは、今はない。

権威を誇った、さしもの井田庄も、小碓が橘と心楽しい日々に明け暮れた忘れ難《がた》いあの屋形も、はかなく消えていた。

ただ〝橘の郷〟の異称を生んだ橘の木々は、井田神社の境内裏手及び、戸田村本村カミヤ地区に、ひっそり、わずかに残っている。

老樟に凭《よ》って、あふれる涙をぬぐいもせず、呆然と明神池を見下ろしていた小碓は、重い足取りで、松江山を越えていったと云う。

噂によれば、姫は、屋形近くの谷地坊主の根っこに左手をかけて、意識なく浮いていたが、幸運にも、邑衆《むらんしゅう》に発見され、手厚い介抱で、一命はとりとめた。しかし、かわいそうに、肩には火傷を負い、あの美しい眸《ひとみ》は二度と開かなかったという。又、松江様の姿は、何故か、何処にも見あたらなかったそうな。

ところで、あの橘の水玉、紅水晶が、不思議なことに、斎院《さいいん》家の書庫倉に大切にしまわれていた。倉を整理中、祖母が偶然見つけたらしいが、小碓の、その後の行方は、杳《よう》としてつかめず、又、あの井田庄と明神池を刻《きざ》んだ紫水晶も、今もって不明のままさ。

と、祖父は結んだ。

〈参考までに〉

大和では「お月さまで、兎が餅をついている」と、月を喩《たと》えているが、中国の神話（周王朝の頃）では、作品中の〈…〉の内の如く、「西王母の秘薬を盗んだ姮娥《こうが》は、月に逃れ、蟾蜍《ぜんじょ》となった……」と喩えている。蟾蜍とは、蝦蟇のことである。日・中の神話又は喩の相違。

〈参考資料〉

「アイヌ人とその文化」R・ヒッチコック著　六興出版
「江戸の妙薬」鈴木　昶　岩崎美術社
「日本音楽大事典」平野健次・上参郷祐康・蒲生郷昭　平凡社

著者プロフィール

松城　史生（まつしろ　ふみお）

明治学院専門学校（現明治学院大学）英文科卒業
元戸田村教育委員会教育長

井田庄御伽草子

2000年10月1日　初版第1刷発行

著　者　松城　史生
発行者　瓜谷　綱延
発行所　株式会社文芸社
〒112-0004　東京都文京区後楽2－23－12
電話　03-3814-1177（代表）
03-3814-2455（営業）
振替00190-8-728265

印刷所　株式会社平河工業社

乱丁・落丁本はお取り替えいたします。
ISBN4-8355-0596-4 C0093